Christian Jolibo
Christian Heinri

Charivari chez les P'tites Poules

L'auteur

Fils caché d'une célèbre fée irlandaise et d'un crapaud d'Italie,
Christian Jolibois est âgé aujourd'hui de 352 ans.
Infatigable inventeur d'histoires, menteries et fantaisies,
il a provisoirement amarré son trois-mâts *Le Teigneux*
dans un petit village de Bourgogne,
afin de se consacrer exclusivement à l'écriture.
Il parle couramment le cochon, l'arbre, la rose et le poulet.

L'illustrateur

Oiseau de grand travail, racleur d'aquarelles
et redoutable ébouriffeur de pinceaux,
Christian Heinrich arpente volontiers
les immenses territoires vierges de sa petite feuille blanche.
Il travaille aujourd'hui à Strasbourg et rêve souvent à la mer
en bavardant avec les cormorans qui font étape chez lui.

Du même auteur et du même illustrateur :

La petite poule qui voulait voir la mer
(Prix du livre de jeunesse de la ville de Cherbourg 2001)
Un poulailler dans les étoiles
(Prix Croqu'livres 2003)
Le jour où mon frère viendra
(Prix du Mouvement pour les villages d'enfants 2003)
Nom d'une poule, on a volé le soleil !
Les P'tites Poules, la Bête et le Chevalier

Loi n° 49-956 du 16 juillet 1949
sur les publications destinées à la jeunesse : mai 2005.

ISBN : 2-266-14908-3

Achevé d'imprimer en France par Pollina, 85400 Luçon – n° L40226
Dépôt légal : mai 2005
Suite du premier tirage : juillet 2006

Sur le berceau de la petite princesse Maëlle
les fées se sont penchées.

(C. Jolibois)

Pour la petite Juliette,
comblée par les fées.

(C. Heinrich)

Pour rien au monde, Carmélito
et ses copains n'auraient manqué
l'ouverture de la pêche.
Mais, hélas, ils n'ont pas encore pris le moindre petit goujon !
Au bout de leurs hameçons,
les asticots s'ennuient et passent le temps
en faisant des ronds dans l'eau…
– Pfff… ça ne mord pas !
s'impatientent les petites poules.
Sur la berge, les jeunes poussins
mènent un joyeux tapage.
– Silence, les marmots,
chuchotent les pêcheurs.
Vous faites fuir les poissons !

– J'ai une touche ! s'exclame
soudain Coquenpâte. C'est un gros !

Sous le regard envieux de ses amis,
Coquenpâte remonte fièrement sa prise.
Ce n'est ni un saumon ni un brochet,
mais un vieux sac de toile.

– C’est à moi ! Écartez-vous,
ordonne Coquenpâte.

À peine a-t-il dénoué la ficelle
qu’il pousse un cri d’effroi :
Sauve qui peut ! Un chat noir !

Un chat porte-malheur !!!

La petite Carmen s'approche du rescapé :
– Tu l'as échappé belle, mon chaton !
Quelle drôle d'idée d'apprendre
à nager dans un sac…

Son frère Carmélito n'est pas très rassuré.
– Ne touche pas à ce matou, Carmen !
On dit que les chats noirs sont maléfiques.

– Comment un garçon aussi intelligent que toi
peut-il croire à ces sornettes ? se moque sa sœur.

Carmélito, tout penaud, entreprend de frictionner le pauvre animal afin de le sécher et de le réchauffer.

– Comment t'appelles-tu ? lui demande-t-il.
Le petit félin répond qu'il n'a pas encore de nom.

– Eh bien, je propose qu'on t'appelle "Chat-Mouillé", dit Carmen en le serrant très fort contre elle.

Le chaton noir leur raconte
qu'il est venu au monde au moulin des Quatre-Vents.
– Tous mes frères et sœurs avaient le pelage tigré, sauf moi…

… Je ronronnais de plaisir lorsque
maman chantonnait à mon oreille :
Qui est ce shah, ce pacha,
ce beau prince que voici ?
C'est mon petit, mon petit chat
dans sa belle chemise de suie.

Mais ce matin, le meunier m'a découvert
et sauvagement arraché à ma mère.
"Fils du diable, je vais te tuer
avant que tu n'apportes le malheur
dans ma maison !"

Puis il m'a ficelé dans un sac et jeté à la rivière.

Le retour de Carmen et de Carmélito est salué par des cris horrifiés. Quel charivari !

– Nom d'une coquille ! Regardez ! Ils ramènent ce maudit chat noir !

– Enfer et crotte de poule !

– Les chats noirs, c'est comme le chiffre 13, ça porte malheur !!!

– Malédiction ! Les pires calamités vont s'abattre sur nous !

– Et en blus, boi, je suis allergique aux boils de chat, proteste Coqueluche.

En apprenant sa terrible histoire,
les parents de Carmen et de Carmélito
proposent aussitôt de recueillir Chat-Mouillé.
– Petit ! dit Carméla, très émue,
je cours te préparer un bon lait de poule.

– Suis-moi, fiston ! lance Pitikok.
On va t'installer dans le nid d'ami.

Minuit. Alors que les poules dorment comme des marmottes, les trois amis ne sont toujours pas couchés.

– On peut garder la lumière allumée ? demande le petit chat.
– Pourquoi ? T'as peur du noir ? s'esclaffe Carmen.

– Non ! Mais les rats et les souris… ça me donne la pétoche ! D'ailleurs, j'en flaire un qui n'est pas très loin d'ici…

Carmen le rassure :
– Crois-moi, petit Chat-Mouillé.
Un jour, tu deviendras le plus redouté,
le plus respecté des chats.
Un jour, tu seras… un grand seigneur !!!

– C'est pas bientôt fini,
ce boucan, là-haut ?!
On veut dormir !!!

À l'aube, on apprend qu'un drame épouvantable s'est produit dans la nuit.

"Au voleur ! À l'assassin ! Au meurtrier ! Justice, juste ciel, on a volé nos œufs !"

Pour les petites poules, le responsable de ce malheur est tout trouvé.

C'est sa faute !

– Vagabond ! Chat sans maison !
lui crie méchamment Cudepoule.
Tu n'as rien à faire au poulailler,
Tu n'es qu'un… un chat-nu-pieds !

La jeune volaille se déchaîne.
– Va-t'en, chat-nu-pieds !
– Hors d'ici, maudit chat noir !

– Décidément, vous n'avez pas grand-chose sous la crête, s'indigne Carmen. Tout ça, c'est de la superstition !
– Ma sœur a raison ! C'est de la... euh... de la... comme elle dit !

– Arrêtez ! se met à hurler Coquenpâte. Ne faites pas ça, pauvres fous ! Passer sous une échelle, ça aussi, ça porte malheur !

Quelques jours plus tard,
les feuilles commencent à tomber.
Les petites poules n'ont jamais vu ça,
et elles se mettent à trembler.

Au secours ! Au secours ! Les arbres
se transforment en squelettes !

Une fois encore, le petit chat noir
est désigné comme coupable.

– Les œufs de nos mamans qui disparaissent,
et maintenant les arbres qui meurent !
Ce sale matou est la cause de tout !

Chat-nu-pieds doit quitter le poulailler

– Du calme ! intervient Pédro le Cormoran.
Sachez que, en automne,
il est naturel que les feuilles tombent…
Par contre, ce qui est vrai,
c'est que les nuits de pleine lune,
les chats noirs accompagnent les sorcières au sabbat,
à califourchon sur un balai !

– Quelle andouille ! soupire Carmen.

Durant les semaines qui suivent,
Carmen et Carmélito aident le minou
à vaincre sa peur des rats et des souris ;
bref, à devenir un vrai chat…
Peine perdue.

– Ce n'est pas grave, le consolent Carmen et Carmélito.

Et puis un jour, enfin…
– Hé, réveille-toi, Chat-Mouillé !
Nous avons de la visite, fait Carmélito.

– Hé, hé, conclut le matou d'un air chafouin.
Il faut toujours se méfier du chat qui dort !

Un mois a passé.
Le petit chat noir a grandi… grandi… grandi…
au point d'être maintenant à l'étroit
dans le petit nid d'ami.
Ce matin-là, en ouvrant la porte,
une surprise attend les petites poules :
la basse-cour a disparu
sous une étrange
couche de sucre glace.

Le premier moment de stupeur passé,
elles découvrent bien vite les joies de la neige :
glissades, chutes, cabrioles, gadins
et derrières mouillés.

– Écartez-vous !

– Chaud devant !

– Roule, ma poule !

On pourrait croire à la paix retrouvée
au poulailler.

Mais la fête est tout à coup interrompue
par les cris horrifiés de Molédecoq.
– Venez voir ! C'est affreux !
L'eau de la rivière est devenue dure comme la pierre !
Comment allons-nous boire ?
Malédiction !!!

– Une nouvelle fois, ce maudit chat noir
a attiré le malheur ! s'écrie Coquenpâte.
Maintenant, ça suffit ! Qu'on le chasse d'ici !

Courageusement, Carmen et Carmélito
s'apprêtent à prendre la défense de leur ami…

– C'est inutile,
annonce Chat-Mouillé, très calme.
Je viens vous faire mes adieux.

Le chat noir a décidé que le temps est venu pour lui de partir à la découverte du vaste Monde.

– Mon grand, déclare Pitikok,
tu es le plus fameux chasseur de souris que je connaisse.
Tu vas nous manquer !

Les quatre amis sont inconsolables :
– Sniff ! fait Carmen.
– Bééééé ! geint Bélino.
– Bouhou ! sanglote Carmélito.
– Allons, allons, dit Chat-Mouillé. Est-ce que je pleure, moi ?

Coquenpâte et les autres petites poules
ont du mal à dissimuler leur joie :
– Au plaisir de ne jamais te revoir… Chat-nu-pieds !!!

– Bon débarras ! Et maintenant
que ce porte-malheur est enfin parti,
retournons nous amuser.

Un matin, alors que tout le monde dort encore,
trois sinistres silhouettes
se dirigent à pas feutrés vers le poulailler.

C'est le féroce Rattila et sa bande.
Des maraudeurs sanguinaires,
des pillards de la pire espèce !

– Sentez-moi ce fumet, les gars ! dit Rattila.
Il y a dans ce garde-manger
plus d'œufs que nous ne pourrons en gober !
Allons-y !

– Personne ne bouge,
c'est un hold-up !

Surpris dans son sommeil,
Pitikok ne peut voler au secours
des pauvres poulettes terrorisées.

La sauvagerie n'épargne pas les petits,
qui croient leur dernière heure venue.

– Pas un cri, les mômes !
Le premier qui ouvre le bec, je le saigne !

Les mamans poules assistent, impuissantes,
au vol de leur bien le plus précieux.
– T'as de beaux œufs, tu sais !

Mais voilà que la porte du poulailler
s'ouvre à nouveau avec fracas.
BLAM !

– Chat-Mouillé !
s'écrient en chœur Carmen et Carmélito !

Les trois brutes se précipitent vers lui,
toutes dents dehors.

Chat-Mouillé, sans trembler,
bondit et élimine un premier adversaire,
qui en perd son chapeau.
Coiffé de sa prise de guerre,
le chat met illico le deuxième hors d'état de nuire.
– Aaarh ! Je suis fait comme un rat !

Rattila, sentant que l'affaire tourne mal,
abandonne ses complices.
Pour protéger sa fuite, ce grand lâche
s'empare d'un jeune otage.

Tandis que le chat noir passe autour de la taille son deuxième trophée, les poules applaudissent et félicitent chaleureusement leur sauveur.
– Mon héros ! laisse échapper Carmen d'une voix pleine d'admiration.

Ils sont interrompus par Hucocotte, blanche comme un linge.
– Au secours ! Au secours ! Venez vite ! Rattila a enlevé notre copain Coquenpâte !

N'écoutant que son courage,
Chat-Mouillé s'élance aussitôt
à la poursuite du criminel.

– Prête-moi ta plume, mon ami Pédro !

Carmen et Carmélito, suivis de Bélino,
courent aussi vite que le permettent
leurs petites pattes.
Ils tremblent à l'idée qu'on fasse du mal
à leur gros copain.

Alors qu'ils s'apprêtent à pénétrer
dans la forêt…
– Que j'ai eu peur, les amis…
C'est le chat noir qui m'a délivré !
Il a mis une de ces ratatouilles à mon ravisseur…
Venez voir !

– Hé, hé ! On dirait que Rattila
a cessé de nuire, glousse Carmélito.
– Ce monstre a voulu me manger,
raconte Coquenpâte, encore tout bouleversé.
“Je vais me faire un sandwich
au poulet”, qu’il disait.
– Ben, où est passé mon chat ?
s’inquiète Carmen.

Et soudain…
– Chat-Mouillé ! s’écrie la poulette.

– Hé ! Hé ! Hé !... Que dites-vous de cette tenue, les amis ?
Maintenant, je dois filer. Mon nouveau maître m'attend.
ADIEU !

– Tu sais, je regrette de t'avoir traité de chat-nu-pieds !
C'était méchant !
lui lance Coquenpâte, reconnaissant.
Désormais et pour toujours on t'appellera
… le Chat Botté !

Quelque temps plus tard,
par une belle et chaude journée d'été...
– Une voiture se dirige vers nous
au grand galop ! s'écrie Carmélito.

Chat Botté !!!

– Whaouuu ! s'extasie Carmen.
Tu roules carrosse !!!
Alors, ce que j'avais prédit est arrivé ?
Tu es devenu un grand seigneur !

– Mes amis, annonce le Chat Botté
en ronronnant de bonheur, j'ai une surprise.

– Permettez-moi de vous présenter…

… mes treize enfants !!!